رواية

رئيس الوزراء

د. جُمان الريحاني

إهداء

إهداء إلى كل من لديه طموح ويسعى لتحقيقه بالطرق المشروعة

إهداء إلى كل من لديه حلم في حدود المعقول وإلى كل من لديه حلم بلا حدود

جمان الريحاني

كان يا مكان يحكى انه قد كان في قديم الزمان وفي صحراء كبيرة واسعة أراضيها قاحلة كان هناك رجل يتجول فيها، هائم على وجهه حتى وصل في أحد الأيام إلى إحدى الواحات.

كان ذلك الرجل أربعيني معدم يعيش حياته في الصحراء القاحلة يتنقل من مكان إلى مكان آخر ولا يروقه أي مكان، ولا يقيم بأي مكان.

لم يكن يشعر بالأمان ولا بالاطمئنان على أي أرض يعبرها ولا في أية واحة يدخلها ولا في أية قبيلة يمر بها، لقد كان شبه تائه في الصحراء.

وفي يوم من الأيام كان ذلك الرجل نائما تحت شجرة في واحة، وهو يغطي نفسه بسعف النخيل، لكي يحمي نفسه من الشمس وأيضا لكي يختبئ عن الحيوانات.

كان مختبئا وقد كان يعرف كل أسرار الصحراي ويجيد الاختباء تحت الأشجار أو تحت الرمال.

كان الرجل يغط في نوم عميق وقد كان قبل ذلك متعب من السير فقد كان يسير ليلا ويحتمي وينام نهارا خاصة عندما تكون حرارة الجو متعبة أو ممرضة.

عندما وصل إلى ذلك المكان كانت قد بدأت الشمس بالإشراق، وهذا ما جعله يسرع لكي يصل إلى تلك الواحة والأشجار البادية له من بعيد أسرع ولكن الشمس كانت أسرع حتى سطعت.

فوصل إلى تلك الواحة بعد أن توسطت الشمس السماء وسقط من طوله من شدة التعب نائما تحت سعف النخيل وغطى في نوم عميق، كأنه نوم القتيل.

نام لساعات وساعات حتى حل الظلام ولم يستفق إلا على أصوات سمعها، ففزع من نومه وهو خائف ومتأهب، لم يكن يعمل ما هو مصدر تلك الأصوات وقد نام وترك الواحة هادئة بعد أن جالها قليلا محاولا اكتشافها، فلم يكن هنالك أحد فنام وهو يشعر بالأمان.

لكن يبدو أن الوضع قد تغير لأن كل تلك الفوضى يجب أن يكون مصدرها عظيما، لقد كان ضجيجا كبيرا ولا يمكن أن يصدر على إنسان واحد أو عن حيوان واحد.

عندما استيقظ كان متأهبا لأي خطر فأخرج رأسه من تحت سعف النخيل وراح ينظر هنا وهناك يبحث عن مصدر الصوت، فوجد بأن الواحة قد أصبحت فجأة مأهولة.

يبدو أن قافلة قد حطت رحالها بها بينما كان هو نائم كالقتيل.

الغريب في الأمر والغريب في تلك القافلة هو انه كان يوجد الكثير من الحراس المسلحين وهذا ما جعله

يخاف كثيرا ويفضل البقاء بعيدا فاختبأ حيث لا يمكن رؤيته بينما يمكنه هو رؤية كل شيء.

كان الرجل يعاني من العطش كثيرا وكاد يجف كل جسده كما أنه كان يقول بأن حتى دماءه قد جفت منه.

كما أن الجوع قد كان يضغط عليه ويجعله وقته بائسا، لقد كان الجوع يشتد عليه كلما وصلت إليه الرائحة التي كانت تدغدغه، إنها رائحة الطعام الذي يقومون بطهوه على النار.

لقد كانت رائحة الشواء وهل يعلى عليها رائحة من كل الطعام والشراب، لقد كان لعابه يسيل من شدة إغراء الرائحة حيث قاموا بذبح خرفان وكباش ووضعوها على النار لتستوي.

امتلأ المكان بالدخان ورائحة الشواء والأنوار والناس والرجال والنساء والخيام في كل مكان والمكان كان مليء بالحديث وبدأ السهر والسمر.

بعد بعض الوقت تم تقديم الطعام، وفي الأخير تم إعطاء العظام المكسوة باللحم للكلاب.

عندما رأى الرجل ذلك المنظر (منظر العظام التي أعطيت للكلاب بقايا الطعام) وكان لعابه يسيل ويلهث عطشا وجوعا مثله مثل تلك الكلاب قرر أن يتقدم من الكلاب وان يشاركها الطعام دون أن ينتبه له أحد.

لقد كان يفكر بأن هان يأكل ويسد جوعه أفضل له من أن ينتبه له الحراس فيقوموا بقتله أو إلقاء القبض عليه والزج به في سجنهم أو قد يصبح أسيرا لديهم أو ربما سيكون مصيره غير معلوم.

طعام الكلاب والطبع غلاب

تقدم ذلك الرجل إلى حيث الكلاب التي كانت مشغولة بالتهام الطعام الذي كان كله تقريبا لحم وعظام وبقايا ولأن الكلاب كانت جائعة جدا لم تكن مهتمة بذلك الرجل الذي يقترب منها على رجليه وهو يحبو ويطأطئ رأسه لقد كان يعرف كل الحيل التي تجعله يعيش في العراء والصحراء حتى التعامل مع الحيوانات كان لديه فيه حيله الخاصة.

أخذ عظما الذي كان اقرب شيء إليه وتراجع خطة أو خطوتين إلى الوراء حيث كانت هناك صخرة وقد أراد أن يتوارى وراءها كما أن المكان كان به أحصنة وما كان ليراه أحد بسهولة.

وبينما هو لا يزال هناك والكلاب قد كانت مقيدة، حتى تقدم حارسان فاختبأ بسرعة ولقي جامدا هناك ولم يستطع أن يتراجع أكثر.

لقد أراد ذلك الحارسان أن يكتشفا سبب هيجان الكلاب التي نبح أحدها بالطبع فلن يخلو الأمر من ذلك رغم ثقة الرجل في حسن تصرفاته.

لم يجد الحارسان شيئا فقد كان الوضع يبدو طبيعيا لأن الرجل كان قد اختبأ وراء تلك الصخرة التي حمته لقد كانت في المكان المناسب وهو أيضا كان في المكان المناسب.

وبعد أن نظر الحارسان هنا وهناك، يمينا وشمالا، ولم يجدا أي شيء مريب، بقيا هناك للمراقبة بأمر من كبيرهم وراحا يتبادلان أطراف الحديث

الحارس1:

أنا متشوق لما سيحدث هذه الليلة

الحارس 2:

ما الذي تقصده؟

الحارس1 :

اقصد ذلك الحدث الكبير

اقصد اغتيال ملكنا

كبير البلاد (وقالها بسخرية وكأنه يتمنى له الموت)

الحارس 2:

هل تظن أن الأمر سينجح؟

الحارس1:

بالتأكيد

الحارس 2:

ولما أنت متأكد هكذا؟

الحارس1:

طبعا أنا متأكد

وأيضا أنا متفائل

الحارس 2:

ولما ذلك؟

الحارس1:

لأن سيدي لا يقول شيئا لا يفعله، ومتفائل لأنني اطمح للتريقة، سوف أصبح قائد الحرس

الحارس 2:

هل تعرف سيتم ذلك الأمر؟

الحارس1:

الاغتيال؟

الحارس 2:

نعم ذلك الأمر، إنه يخيفني ولا استطيع حتى نطق تلك الكلمة

الحارس1:

طبعا اعرف

الحارس 2:

ربما وبينما نحن نتبادل أطراف الحديث وفي أية ثانية قد يصل من سيحضر السم

الحارس1:

وكيف سيتم قتل الملك؟

الحارس 2:

سوف يقومون بوضع السم في الحلويات التي سوف تقدم إلى الملك بعد قليل وعندما يأكل منها سوف يموت مباشرة

وبعدها أصبح أنا قائد الحرس

الحارس1:

وهل سيأكل لوحده الحلويات؟

وماذا عن بقية الموجودين؟

الحارس 2:

نعم طبعا

سوف يأكل لوحده

فالطبق المسموم يعد خصيصا للملك

انه كطبق لا يقدم إلا للملوك

الحارس1:

ولكن هل أنت متأكد من قدوم ذلك الرجل؟

الحارس 2:

طبعا فسيدي لا يمزح في مثل هذه الأمور

دعنا ندعوا أن يتم الأمر على خير

دعنا ندعوا الآن مادمنا ننتظر

الحارس1:

أنا لا استطيع أن ادعوا على الملك

الحارس 2:

أيها الجبان

انظر لقد وصل الرسول

الحارس1:

جيد

الحارس 2:

الآن تقول جيد

أنا سعيد جدا

الحارس1:

وأنا أيضا سعيد

الحارس 2:

هيا لكي نأخذ منه الكنز الثمين

الليلة الكبيرة والتصرف الحكيم

تمكن الرجل الذي كان مختبئا من رؤية وجه الحارسين بكل وضوح، وعلم بأن هناك مؤامرة لقتل ملك عليهم ملكهم وربما هو ملك على بلاد كبيرة ومهمة.

فكر في نفسه وقال:

لما لا استغل هذه الفرصة التي أتت إلى ولست أنا من كنت ابحث عنها، لما لا اغتنمها

فربما سينالني خير كثير

ربما سوف استفيد كثيرا

رمى العظم من يده وقال:

سوَف أصبح سيدا على الكلاب

لقد قرر أن يغتنم الفرصة وأن يتصرف بسرعة وذكاء

خرج من مخبئه وتقدم ببطء وبخطى ثابتة وقد نفض الغبار عن نفسه، وعدل قليلا من شكله.

لقد كان رجلا معتدل الطول قوي البنية رغم أنه كان يعيش على الهواء في الصحراء مثل الذئاب.

أسمر البشرة وله القليل من الشعر المنكوش وله لحية خفيفة.

توجه إلى الحراس أمام اكبر خيمة وقد كان متأكدا من نباهته، فقد عزم على أن تلك الخيمة هي خيمة الملك.

وبعد أن ألقى السلام والتحية أخبرهم بأنه عابر سبيل قائلا:

السلام على أهل المكان

أنا عابر سبيل

أرجو منكم الضيافة والإكرام

الحارس الذي على باب الخيمة:

ابتعد يا هذا

الرجل:

أقول لك أنا عابر سبيل

الحارس:

ابتعد يا هذا فهذا المكان ليس لعابري السبيل وليس للعامة أيضا

لا يمكنك الوقوف هنا؟

الرجل:

ولكن...

الحارس:

قلت لك ابتعد

هيا أغرب عن وجهي

فقال حراس آخر:

إن كنت تريد طعاما توجه إلى خيمة المطبخ إنها هناك هيا اذهب وسوف تأكل حتى تشبع

حاول الحراس في البداية أن يبعدوه عن الخيمة لأنه لا يجوز له الوقوف هناك ولكنه أطال الوقوف بل وكان مصرا على رأيه، ولم يتزحزح من مكانه.

عندما رأى الحراس بأنه بدأ يثير بعض البلبلة والفوضى أمام باب خيمة الملك قرروا إبعاده بالقوة.

ولكنه فيما بعد اخبرهم بأنه يريد أن يرى الملك وكان مصرا وهو يقول:

أريد أن أرى الملك

أنا حقا أريد أن أرى الملك

لدي ما أقوله له؟

الحارس:

ماذا لديك؟

الرجل:

لدي أمر هام

الحارس:

قل ما لديك أو ابتعد

الرجل:

اقسم بأنه أمر مهم وخطير

أريده بأمر عاجل

وعندما سمعوا منه هذا الكلام اخبروا الوزير الذي كان قد خرج لأنه سمع بعض الضوضاء أمام الخيمة.

الحراس كانوا أشداء ولم يكونوا ليدعوه يدخل بالطبع ولكن الوزير سمع ما اخبره به الحراس عن الرجل الذي كان يقف بالباب فسأله عن الأمر وقال:

بما تريد الملك؟

الرجل:

إنه أمر عاجل ولا يحتمل التأخير

الوزير:

أجل.. أجل

لقد علمت ذلك وسمعت بأنه أمر مهم فما هو؟

الرجل:

لا استطيع إخبارك ولكنه أمر يخص الملك

الوزير:

ويحك لا تتعدى حدودك قد يقطع رأيك

الرجل:

أنا لا أتعدى حدودي بل إنه الأمر مهم جدا وعاجل

الوزير:

أنصحك بأن تنصرف ويمكنك أن تأكل هناك في خيمة المطبخ ويمكنك أن تأخذ ما تشاء اخبرهم بأن الوزير قد أرسلك.

الرجل:

لا أريد شيئا إلا مقابلة الملك

الوزير:

أنت مصر

ولكن الملك لا يقابل أي أحد

الرجل:

الأمر عاجل

الوزير:

بعد العشاء سوف أرى ما يمكنني فعله لأن الآن هو وقت العشاء

إنهم يقدمونه

الرجل:

لا ذلك لا يمكن

يجب أن أرى الملك حالا لأنني في حاجة لكي اخبره بأمر هام

الوزير:

عجيب أمرك أيها الرجل ألا يمكنك أن تنتظر حتى

ينتهي الملك من تناول طعام العشاء

أنت غريب

الرجل:

نعم أنا غريب يمكنك وصفي بذلك ولكن يجب أن أرى

الملك أخبره بأنني هنا

الوزير:

أخبره بأنك هنا؟

وضحك

الرجل:

أجل أخبره بأن رجلا يطلب رؤيته لأمر عاجل وهام

ويتعلق به

واخبره أيضا بأنني لست أي رجل

فأنا لست رجلا عاديا أنا مستبصر

الوزير:

أنت ساحر

الرجل:

أفضل أن أطلق على نفسي بأنني مستبصر

الوزير:

ولكن ما الذي تريده من الملك؟

هذا ليس الوقت المناسب للتسلية

الرجل:

لقد أخبرتك بأن الأمر خطير

الوزير:

هل أنت تعني ما تقوله؟

الرجل:

أجل والأمر يهم الملك ذاته لذا رجاء أخبره لكي يسمح لي بالدخول قبل فوات الأوان

إنها مسألة حياة أو موت

ثم صرخ وقال:

سوف يفوت الأوان إذا لم تسمحوا لي برؤية الملك

وسوف تتحملون أنتم المسؤولية

الوزير:

يبدو أنك جاد

حسنا سوف أرى ما يمكنني فعله انتظرني هنا لا تتحرك

الرجل:

لن أبارح مكاني

الوزير:

حسنا

نظرا لجدية الأمر ولجدية ملامح وجه الرجل الذي
لم يكن يمزح.

قرر وزير الملك أن يأخذ له إذنا يسمح له
بالدخول، وذلك لأن الرجل بادا وكأنه يحمل في جعبته
تمرا مهما بالفعل، وأيضا لكي يخلي نفسه من
المسؤولية في حالة ما إذا كان الرجل صادقا، لأن
كلامه كان يوحي بالخوف وبأن الأمر فعلا خطير
وربما يتعلق بالملك حقا.

أوصل الوزير الأمر إلى الملك الذي كان سعيدا وفرحا من النكات التي كانت تلقى في البلاط خلال العشاء

فقد كان الجو جميلا والعشاء لذيذا والصحبة جيدة

عندما سمع بالأمر اعتبر بأن الأمر ممتعا حتى لو كان مجرد مزحة، فقد كان يمر عليهم الكثير من المواقف وربما هذا إحدى المواقف المسلية والذي سوف يضيف البهجة والسرور إلى سهرتهم.

فسمح له بالدخول عليهم

عندما دخل الرجل تفاجأ هو نفسه بتلك الخيمة من الداخل والتي كانت ديكوراتها فاخرة وأثاثها رائعا ومهيب وكأنها قصر وليست مجرد خيمة.

لقد كان يمشي على البساط الأحمر مبهورا ومذهول، فهو لم ير مثل ذلك بأم عينه ولا حتى في أحلامه.

كان الناس كثيرون على اليمين وعلى اليسار على طول القاعة الداخلية يجلسون على الأرض على الأرائك وأمام كل منهم مائدة مستديرة عليها كلما لذّ وطاب من الحلويات وأشهاها وأجملها ألوان وشكل

التقديم الجميل، الحلويات كانت أشكال وألوان وعصائر.

وورائهم الجواري لخدمتهم أو ربما لتسليتهم والسهر على راحتهم.

وفي صدر الخيمة يجلس الملك وهو متكئ على الحرير وأمامه مائدة كبيرة اكبر من كل الموائد مزوقة منمقة بهية الألوان وكثيرة الأشكال التي عليها مخلفة الأنواع.

أراد الرجل أن يدرس ما على الموائد من حلويات لكي يكتشف طبق الحلوى المقصود، الطبق المسموم والذي لا يقدم لعامة الناس ولا للوزراء والأشراف، بل يقدم فقط للملوك.

وبينما هو يعرف بنفسه ويقدم نفسه للمكل والحضور حتى دخل خادم بالطبق المقصود.

الطبق الذي لم يكن له مثيل

انتظر قليلا لكي يرى أن كان هناك أطباقا سوف تصل تباعا، وما إذا كان هناك طبق سوف يحضرونه ربما طبق خاص آخر أيضا للملك.

وبعد قليل قال:

مولاي إن حضر كل الطعام سوف أفسح لنفسي مجالا لبعض الكلام.

ضحك الملك ثم قال:

أيها الحاجب هل هذا كل ما تقدمونه؟

الحاجب:

أجل مولاي لقد انتهينا من تقديم الطعام والعصائر

اعتقد الملك بأن الرجل يسأل عن الطعام ربما لأنه يشعر بالجوع، فقال له:

تفضل إلى مائدتي وتناول الحلويات التي تريد وإن أردت اطلب لك طعاما آخر.

قال الرجل:

مولاي

لنا الآن حديث وبعده يأتي دور الطعام والشراب

حان لنا أن نتبادل بعض أطرف الكلام ويأتي بعدها

دور الطعام

الملك:

لك ما تريد

وضحك الجميع

الرجل:

مولاي أنا رجل بسيط ولكن أنا مستبصر

الملك:

وبما تريد أن تفاجئنا

فنطق رجل آخر من الأشراف وهو بين الحضور وقال:

فاجئنا لكي نصدق بأنك مستبصر

الملك:

أجل معه حق

الرجل:

أنا هنا لكي أنقذ حياتك يا مولاي

الرجل الشريف من الحضور:

وهل الملك في خطر؟

الرجل:

نعم الملك في خطر محدق

الملك: (وهو يضحك)

نحن لسنا في حالة حرب

وأنا في خيمتي بين خدمي وأصدقائي

وكل من حولي هم محل ثقتي

فهل تعتقد فعلا بأنني في خطر؟

ضحك الجميع وقال أحدهم:

الملك بين أهله

هل يعقل هذا الكلام؟ هذا كلام لا يصدقه عاقل ولا مجنون

الرجل:

نعم مولاي أنا مصر على انك في خطر

الملك:

وما دليلك؟

الرجل:

طبعا لدي ما يثبت قولي هذا

الملك:

أثبت لنا ذلك

الرجل:

وما جزائي؟

الملك:

إن صدق كلامك وأنقذت اليوم حياتي

لك ما تريد

الرجل:

ما أريد؟

الملك:

أجل ما تريد وما ترغب وما تحلم به؟

فقل لنا ما تريد؟

الرجل:

مولاي

أريد رضاك وصحبتك، أريد أن أصبح خادمك

أريد أن أصبح وزيرا لك

الملك:

وزيرا لي؟

الرجل:

أجل وزيرا يا مولاي

الملك:

وسوف تنقذني اليوم من موت مؤكد

الرجل:

نعم

الملك:

هذه الليلة بالذات؟

الرجل:

أجل

الملك:

وأنا في خطر؟

الرجل:

أجل مولاي

الملك:

هنا في خيمتي، وفي مكاني هذا؟

رجل من الأشراف:

هل هناك ثعبان ما أو عقرب؟

رجل آخر من الوزراء:

لقد تأكد الهدم من آمان المكان والمنطقة

الرجل ردا على الملك:

أجل مولاي

الملك:

لك ذلك

وان ت تستحق في تلك الحالة أن تصبح رئيس الوزراء وليس فقط وزيرا

الرجل:

إذن اتفقنا

الملك:

هيا أبرهنا وفاجئنا ودعنا نشاهد منك المعجزات

وأخذ الملك قطعة حلوى من ذلك الصحن المسموم وأراد أن يقضمها

فقال له الرجل:

توقف يا مولاي

حسبك

الملك:

ماذا هناك؟

الرجل:

لا تأكل من ذلك الطبق

الملك:

ولماذا؟

الرجل:

مولاي فلتوجه أمرا إلى ذلك الحارس واطلبه لكي يأتي
إلى هنا وأعطه يا مولاتي تلك القطعة من الحلوى التي
بيدك وأعطه أمرا بأن يأكلها

وأشار على أحد الحارسين اللذان سمعهما يتكلمان عن
تسميم الملك

الملك:

ولما كل هذا؟

أخبرني بكل شيء

الرجل:

حسنا يا مولاي

ادع ذلك الحارس والذي إلى جانبه على اليسار

وأمر احدهما بأن يأكل قطعة الحلوى التي بيدك

وأمر الآخر بأن يخبرك بحقيقتها وما وراءها

نفذ صبر الملك وأصبح وجهه منتفخا متورما وأصبح يزرق ويأتي بألوان كثيرة ولكنه ما كان ليضغط على الرجل الغريب أكثر فنادى بأعلى صوته على الحارسين.

وأعطى أحدهما قطعة الحلوى التي سرعان ما التهمها لكي يموت بسلام وهو يعلم بأن مصيره الإعدام والتعذيب والقتل بأسوأ الطرق بعد اكتشاف أمرهم.

فهو لم يكن ليفر من العقاب لو بقي على قيد الحياة لذا قرر اللذوذ بالفرار وقد كان قرار جبان منه، لأنه لم

يكن حقا يستطيع تحمل مسؤولية الأمور التي قام بها بل كان من ضمن الذين يخدعون ويطعنون في الظهر وتأتيهم الشجاعة فقط في الخفاء.

إعترف الحارس الآخر بكل شيء وتم إلقاء القبض على الوزير وقائد الحرس المتورط ونجا الملك من الموت فعلا.

نجا في تلك الليلة من موت محتم

موت كان يترصده في خيمته بين أصدقائه

موت اقترب منه وأصبح اقرب لفمه ولكن يده
منعت من إيصاله إليه بفضل ذلك الرجل الفقير
المستبصر القدير.

والذي أنقذه من خدمه الذين يأتمنهم على حياته

لقد تفاجأ الملك بما حدث في تلك الليلة كثيرا ولم
يعد يثق بأحد لأن الجميع تأتيهم لحظات يصبحون فيها
مخادعون وهذه طبيعة في البشر والتي هي الخداع.

ولكن يبدو أن ذلك الرجل البسيط والذي يظهر من مظهره الخارجي أنه رجل فقير إلا أنه رجل وفي وصادق وأكثر صفة فيه جيدة هي أنه ليس رجل مخادع عكس بعض الخدم الملكي.

لقد أبهر ذلك الرجل الجميع

وقد حظي باحترام وتقدير الجميع وخاصة الملك الذي أصبح يرى بأن هذا الرجل الذي خاف على حياته دون أن يعرفه معرفة جيدة ودون أن يكرمه الملك أو أن يكون قد عاش في كنفه وتمتع بخيراته فكيف لو كان يعمل معه أو لديه فهو من يستحق الثقة لا أولئك الخدم الخونة.

لم يكشف الرجل عن السر وكيف عرف ما عرف
وأصبح من الأسياد بعد أن كان طموحه قبل فترة
قصيرة عظم مع الكلاب.

لا يستطيع الإنسان أن يعلم ما قد يخبؤه له القدر
ولا ما قد تفاجئه به الحياة من أمور جميلة قد تغير
حياته في لحظة واحد فيصعد من الثرى إلى الثرية
ويلمس السماء وتصبح النجوم في قبضته دون جهد
يذكر.

وقد يفني حياته في التعب والمشقة دون أن يجد ما
قد يسد به جوعه، لدرجة انه قد يموت من شدة الجوع
فالجوع يصبح قاتلا في بعض الأحيان.

أن الحياة حقا مليئة بالمفاجآت قد ينتقل من في
الحضيض لكي يحظى بحظ من هم في الصدارة وقد
يحدث العكس بكل سهولة.

لقد تم تعيين الرجل الطموح رئيسا للوزراء
وأصبح اقرب شخص للملك الذي كان يحبه لأنه انقذ
حياته ولم ينس جميله هذا يوما.

فارتدى الرجل أجمل الثياب وسكن القصور
والقلاع وأصبح قريبا من الملك لسنوات عديدة.

لقد كان يتحصل على المعلومات بذكائه وخططه
وبواسطة أعوانه الذين كان يدفع لهم المال

فكان يكشف الخطط وينال الهدايا والمكافئات

لقد كان كرم الملك عليه بلا حد، كما انه كان رجلا ذكيا بل اقرب إلى الخبث من الذكاء وذلك لأنه كان يستطيع أن يخرج من كل موقف بشيء يستغله لصالحه وكان يستفيد من وقوع الآخرين بكل ذكاء وحنكة وحسن تخطيط.

وقد اعتمد التخطيط والبحث في ملفات الآخرين من أجل حصد النجاح والعلو في منصبه.

وهكذا اعتمد أسلوب البحث والنكش في حياة الآخرين من أجل اكتشاف الأسرار وحبك الخطط الجهنمية مثلما كان يطلق عليها، فقد كان معجبا بفكره وتفكيره وأسلوبه وبما أصبحت عليه حياته وكيف هي تتقدم إلى الأمام وهو لا يرى أبدا إلى الوراء.

كما أنه قد اعتراه الغرور ونسي أصله وما كان عليه، لقد أصبح يرتدي أجمل الثياب ونسي أنه كان يأكل من طعام الكلاب.

غريبة هي الحياة ولكن الجيد هو التقدم إلى الأمام وليس الرجوع إلى الوراء والعيش بين جدران الماضي، كما انه على الإنسان أن يبذل جهدا ، وأن يجرب كل الطرق من أجل النجاح لا أن يكتفي بالبكاء على المحاولات الفاشلة.

مرت السنوات وكبر الملك وأصبح طموح ذلك الرجل أن يصبح ملكا، فقد كان هو ثاني أهم رجل في الدولة

كان للملك الكثير من البنات وابن واحد، ابن قد كان غبا، لذا كان الرجل يرى بأنه هو من يستحق أن يصبح ملكا بدل وريث العرش ذلك الولد الغبي

ولكنه رغم ذلك لم يكن يستطيع أن يصل إلى السلطة ولا إلى ذلك المنصب الذي يحلم به.

وفعلا بعد سنوات مات الملك وأصبح ابن الملك ملكا بعده، وذلك لن الأصول هي هكذا، ويجب على ولي العهد أن يرث التاج والعرش والسلطة ولا يحق لأي أحد أن يقف في طريق تحقيق الأصول أو حتى الاعتراض مهما كان ولي العهد ذلك.

الحكم والملك وراثي ولا يشترط توفر أي شرط في وريث العرش إلا أن يكون من صلب الملك وان لم يكن له وريث فان اقرب الناس إليه يرث التاج أو ربما يوصي الملك قبل وفاته بملك بعده.

وهذا الملك الموصى به يخضع لمعايير للاختيار يوافق عليها الملك الحالي ومجلس الشورى والوزراء ورجال الدولة في سرية تامة حتى يعلن عنه يوم التتويج كولي عهد.

ولكن بعض الملوك كانوا يخافون من الانقلاب من طرف ولي العهد الموصى به فكانوا يختارونه ويتركون الأمر في وصية سرية لا يكشف عنها إلا بعد وفاة الملك الذي اختار ولي عهده.

لقد أصبح ذلك الوريث الغبي كما يلقبه الرجل ملكا على الشعب والمملكة وعلى الرجل الحكيم أيضا.

ذلك الرجل أو رئيس الوزراء الذي كان يعتقد بأن حكمته أو خبثه أو ذكائه ودهائه قد يجعلونه يصبح ملكا يوما ما ولكن للأسف تجري الرياح بما لا تشتهي السفن

للأسف لم تتحقق أمنياته ولم يتحقق مبتغاه للأسف لقد أصيب بخيبة أمل.

اعتقد الرجل الحكيم بأن ما أوصله إلى المكانة التي هو فيها اليوم سوف تجعله يصل إلى مكانة أعلى من ذلك، لقد كان شبه أكيد بأنه سوف ينتصر ولكنه لم يفعل.

لقد خسر الحرب وليس فقط معركة ويجب عليه أن يستسلم الآن، لم يعد أمامه أي بصيص أمل ولن يحظى بفرصة أخرى، كان عليه أن يعترف بالهزيمة التي حلت به.

هذه الأحداث الأخيرة جعلت رئيس الوزراء يطلب الإعفاء من أعماله داخل القصر لأنه أراد أن يصبح بعيدا عن القصر الملكي.

بعد أن شعر رئيس الوزراء بخيبة الأمل لم يستطع أن يتجاوز الأمر ببساطة، خاصة وانه قد اعتقد وللحظات قبل وفاة الملك بأنه قريب من المنصب إلى درجة كبيرة حتى تلقى الصدمة والخبر كضربة قاضية.

لم يستطع أن يتجاوز المشكلة ببساطة ولم يعد يتحمل رؤية الملك الجديد الذي كان في نظره مجرد غبي محظوظ.

لقد أقام مكتبا خاصا بالاستشارات في قصره الخاص ولكنه يترأس كل الاجتماعات، ويحضر بنفسه.

لقد حافظ على مكانته رغم بعده عن القصر الرئاسي وقصر الحكومة، إلا انه لم يكن لتفسح المجال لي أحد أن يأخذ منه المكانة الوحيدة التي لن يعلو عنها بمكانة أبدا ولكنه في نفس الوقت لن يسمح لأحد بأنه ينزله درجات من السلم الوزاري.

ورغم انه كان يحلم بأن يصبح ملكا لكنه لم يكن ليصبح كذلك أبدا.

فعاش كل حياته التي بقيت رئيس وزراء ومات رئيس وزراء، بل وكان رئيس وزراء بالاسم وفي المكانة وليس بالعمل الحقيقي ولن الملك قد ذكره في الوصية وأوصى بأن لا تتم إزاحته من منصبه فقد احترم الجميع وصية الملك وحافظ رئيس الوزراء على منصبة.

وبالرغم من انه لم يعد يعمل بجد كالسابق إلا أن الملك الجديد قد تركه في منصبه بشكل سوري وأصبح لا يعتمد عليه في الكثير من المشورات ولكن بدون أن

يساء إليه بل بالعكس كانت تتم معاملته بكل احترام وينال كل التقدير والإشادة على مجهودات لم يبذلها.

لقد تغيرت أفكار رئيس الوزراء وحياته بعد وفاة الملك ولم يعد يبذل جهدا لكي يقنع الناس بأنه أقوى مستبصر في المنطقة، ولم يعد يرغب في فعل أي شيء.

توانى عن العمل وأصبح متكاسلا ولا يحب بذل جهد من أجل أي شيء ولا من أجل أي شخص.

ولكنه بالغم من ذلك قد حافظ على المكانة والصدارة السياسية واللمعان في المجتمع وفي كل المناسبات الوطنية والسياسية والمهمة.

تغيرت حياة رئيس الوزراء وطريقة تفكيره وبعد أن أصبح يقضي كل وقته في قصره التفت إلى ملذات

الحياة من خمر وسكر وجواري ولم يعد له أي طموح بعد أن ضاع طموحه في أن يصبح ملكا.

في السابق قد كان يحافظ على صحته من أجل أيامه القامة كلمك لذا لم يكن يسهر كثيرا وكان يلتزم بوجبات معينة وفي أوقات معينة ولم يكن يشرب الخمرة ولا يفعل الكثير من الأمور.

ولكن وبما أن حلمه بأن يصبح ملكا قد ذهب مع الرياح فقد أراد أن يفعل كلما حرمه على نفسه وأن يشبع رغباته أو يتبع غرائزه.

لم يصبح رئيس الوزراء زاهدا في الحياة ولا يتعجل الموت بل بالعكس لقد أصبح يبحث عن متع الحياة في كل لحظة وثانية.

كل ما في الآمر هو انه قد عاشر الأغنياء والأثرياء الذين كانت أخلاقهم سيئة ورأى الأسياد الذين لا يشبعون من متع الدنيا والغريب في الأمر أن الجميع بصحة جيدة رغم السهر ومعاقرة الخمر ولم

يسبق أن مات أحدهم ناقص عمر بل كانوا جميعا في مثل سنة وأكبر منه بكثير ولازالوا يسهرون الليالي ويقيمون الحفلات الصاخبة التي تمتد من بداية ليلة إلى صباح يوم آخر.

وبعد أن فقد هدفه في الحياة أصبح يرى بأنه لا ضرر في العيش على طريقتهم فان أردت أن تكون أحد الأثرياء يجب أن تعيش على طريقتهم وان تفعل ما يفعلون وان تسير على خطاهم لكي تختلط بهم.

وهكذا ولهذه الأسباب التي سبقت غير الوزير طريقة تفكيره والتفت إلى أمور أهم في الحياة، أهم من الأحلام التي لن يعد هناك أمل من تحققها.

لقد التفت إلى أمور تجعله سعيدا، وبالفعل فان كل تلك الأمور الجديدة عليه كانت تحمل السعادة فيها وفي كل تفاصيلها، وأصبح يبحث في كلما حوله عن السعادة.

ولأنه يمتلك من المال الكثير فقام بشراء قصر

آخر وأطلق عليه قصر الملذات

قصر الملذات

قصر الملذات انه قصر الحياة وكل معاني الحياة.

كان للقصر مساحات كبيرة تحيط به وفيه الكثير من الغرفة وقد اشتراه رئيس الوزراء لأجل غرض معين وليس لكي يعيش فيه.

القصر كان من أجل السهر والرقص وكل أنواع ملذات الحياة، وكان الإبداع في اكتشاف الملذات وتوفيرها في القصر وهنا ينال الخدم والجواري الكثير

من الخيرات من أجل أن يجعلوا القصر جنة من جنات الملذات التي لا مثيل لها على وجه البسيطة.

لقد خطط رئيس الوزراء لجعل هذا القصر قصرا فريدا من نوعه كثيرا وقد جمع الكثير من العقول المبدعة لكي تساعده في تجسيد فكرته الخلاقة هذه على ارض الواقع.

وقد كان متشوقا مثيرا لكي يصبح هذا القصر حقيقي وواقعي وموجود وأن يكون هو صاحب هذا القصر وصاحب فكرته الرائعة

لم يسبق أن كان لأحد من الأشراف قصر كهذا
وهذه الفكرة السباقة كانت لرئيس الوزراء وهو
صاحب الفضل لخلق هذا المكان الذي لا مثيل له.

كان الوزير حريصا على أن يكون القصر مختلفا
عن باقي القصور من البوابة وحتى قلب ساحة الملذات
هذا ما جعله يأخذ وقتا كبيرا في البحث والتفكير من
أجل كل الأمور المبدعة والتي سوف تجعل قصره
مختلفا وفريدا ومميزا ولا أي مكان يقترب فقط
الاقتراب من تميزه واختلافه.

لطالما كان رئيس الوزراء مختلفا ومتميزا لقد كان

رجلا فيدا من نوعه رجل لا يتكرر.

وزير لا يتكرر

بل رئيس وزراء لا يتكرر

ومستبصر لا يتكرر

وفي صفقة رابحة طلب رئيس الوزراء من خادم له أن يذهب إلى السوق وبالضبط إلى بيت كبير النخاسين وأمره بأن يطلب منه أن يرسل إلى رئيس الوزراء ثلاثون جارية من أجمل الجواري وأكثرهن صبا وشبابا.

وقد وضع الكثير من الأوصاف للجواري وقد طلب أن تكون كل جارية مختلفة عن الجارية الأخرى.

ولأن رئيس الوزراء قد كان ذكيا ولأنه قد عاشر من القوم الوجهاء والإشراف والوزراء ولأنه كان يقضي الكثير من الوقت معهم ويسمع أحاديثهم والحوارات

التي كانت تدور بينهم وفي سهراتهم وليالي الأنس فقد أصبح لديه الكثير من المعلومات عن أذواقهم وعن ما يحبون وما منه ينفرون.

طلب من خادمه أن يحفظ كل الكلام الذي يقوله له لكي يوصله إلى كبير النخاسين لكي يرسل له الجواري.

الجواري صاحبات البشرة موحدة اللون بيضاء كانت أو سمراء.

الجواري صاحبات الشعر الناعم الطبيعي بلونه الحقيقي لا حنة عليه ولا أية ألوان أخرى ومصبغات التي تغير لون الشعر.

صاحبات الأعين الكبيرة الواسعة ولا عيب في عيونهن لا بحول ولا عشى.

صاحبات الأسنان المصفوفة والمرتبة

صاحبات المفاتن والأنوثة الطاغية باعتدال فلا يفضل أن يرسل له النحيفات ولا البدينات بل المعتدلات.

وان تكون درجات لون البشرة متوفرة من ناصعة البياض إلى شديدة السمار.

وقد كان يريد رئيس الوزراء يريد أن يكون هناك تنويع في وجوه الجواري لكي لا يشعر الضيوف أو جمهور المدعوين بالملل.

كان يقول أنه يريد أن يخلق جنة وفي بستانها يريد أن تكون كل وردة تختلف عن الوردة الأخرى.

كان يقول عن قصر الملذات أريده بديع جنة أزهار وورود

فطلب من الخادم أيضا أن يشترط في النخاس جواري بمواصفات معنوية معينة منها الهدوء والنعومة والطاعة والليونة وان لا تكون بينهم أية جارية شرسة، بل أن يكون جميعهن مروضات.

إلا أنه بالإضافة إلى تلك الشروط اشترط أن لا تكون لديهن خبرة في مجال الهوى بل يفضل لو أن يكون اكبر عدد منهن عذراوات وهذا كان سيكلفه ثروة لأن الجارية العذراء تبلغ قيمتها أضعاف مضاعفة للجواري الأخريات ويزيد ثمنها ويرتفع إن تمتعت بمواصفات الجمال والسن.

جارية سمراء

جارية شقراء رقراقة

جارية فيصاء عطبولة

الجارية الطفلة القسيمة

جارية جميلة عبقرة

جارية وضيئة مقصد

وجارية رشوف، أنوف وصوف

وجاريات بمواصفات مختلفة لكي تكلأ كل منهن مكانها وتحتل من قلوب الحضور قلبا فتجعله لها بيتا وقصرا لا للسكن بل للضيافة والسهر.

وأيضا طلب منه بالإضافة إلى الثلاثون جارية اللواتي كن بمواصفات معينة جواري يجدن العزف والغناء من أجل الليالي الساهرة.

وبعض الغلمان لكي يزينوا القصر فلا يكون القصر جميلا إلا بفضل حضور الغلمان الذين يضفون لمسة جمالية.

وطلب من الخادم ذاته أن يختار من الجنود والحرس الأقوياء لكي يحرسوا القصر ويسهوا على الأمن فيه دون التدخل في الشؤون الداخلية.

وطلب أيضا أن يجدوا له عجوزا حكيمة، جارية قديمة، متمرسة في العمل والطاعة والجواري لها مطواعة، لكي يجعلها مدبرة القصر.

لقد أراد تلك الجارية العجوز لكي تدير شؤون القصر الداخلية وشؤون الجواري، من أجل أن تنوب عنه وتحقق له كل مبتغاه وتجعل الأمور في القصر أسهل.

ومن الأفضل أن تكون لها معاونة تنوب عنها وتكون لها الذراع الأيمن لكي تساعدها وتسهل أعمالها

وأيضا لكي تحل محل المدبرة الرئيسية عندما تغيب لأي غرض ولو كان المرض أو الموت.

هذه المساعدة صغيرة السن وهي في محل الاحتياط للمدبرة الرئيسية وأيضا كانت في مرحلة للتعلم من أجل أن تصبح مدبرة في المستقبل.

وبعد الانتهاء من موضوع الجواري جاء دور اختيار الخدم من أجل قصر الملذات، جاء دور اختيار الخدم من أجل التنظيف والطبخ وما إلى ذلك من أمور.

كان يجب أن يملأ القصر بالخدم للعمل والسهر على نظافته وجماله وأيضا للسهر على راحة المدعوين واستمتاعهم بالمناظر من غرف وصالات مزينة وبساتين مليئة بالأشجار المزهرة والمثمرة فقد كانت هناك منطقة للأشجار المثمرة والتي تناسب جلسات العصر بين الثمار والجواري.

وكان هناك جزء مليء بأشجار الورد والتي تم الاعتناء بأماكنها وتمت بستنة الحديقة بطريقة فنية من قبل الخدم المتخصصين في البستنة.

كما قد أرسل إلى القصر أيضا من يعتنون بالأشجار والنباتات التي تزينه، لأنه كان يحلم بأن يكون القصر جنة، ولا يعكر صفو جنته أي أمر كان.

السهر والسمر

وبعد أن تم تجهيز القصر كما يريد رئيس الوزراء بالضبط، تم الانتهاء من بعض أعمال البناء والبستنة وأيضا تم تجهيزه بالأثاث والمفروشات، وتم ملؤه بما يحتاجه من خدم وعمال وتم الإعلان عن السهرات التي تمت برمجتها لثلاث ليالي في الأسبوع.

في تلك الحالة أصبح القصر جاهزا لإقامة الحفلات واستقبال المدعوين.

أرسل رئيس الوزراء الطعام والشراب والكثير الكثير من الشراب إلى القصر قبل موعد أول حفلة بيومين وذهب بنفسه إلى القصر ليرى كيف تسير الأمور.

لقد طلب من المدبرة أن تقص عليه رؤيتها للسهرة وقد كان قد اخبرها سابقا بما يريد هو.

كان ينتظر أن تبهره بأفكارها وبرؤيتها لتحقيق رؤيته ومراده كما يريد وقد كان يثق في إحساس المرأة لدى مدبرة القصر والتي كانت ذات خبرة في العمل كثيرا مع الشرفاء.

وهكذا استقبلته مدبرة القصر بابتسامة عريضة وبترحيب شديد وراحت تشرح له الترتيبات والتجهيزات التي قامت بإعدادها للحفلة الأولى والتي كانت في نزر رئيس الوزراء حفلة مهمة جدا لأنها أول حفلة وسوف يكتسب القصر سمعة بعدها، فإما سوف يشيد به الجميع أو العكس.

عرضت مدبرة القصر على رئيس الوزراء في محاولة بإبهاره بما فعلت وبمجهداتها الجبارة التي قدمتها لعملها ومنصبها ولكي يرى بأنها لها كفاءة عالية.

عرضت عليه الفساتين التي تم شراؤها للجواري الراقصات وعرضت عليه مقطوعة من العزف والغناء كتجربة ليرى مدى قوة عملهم فقد كانت للعازفات مدبرة وللمغنيات مدربة وأيضا تم تعيين خياطات من أجل ملابس الجواري والخدم في المناسبات القادمة.

وأيضا عرضت عليه الجواري المرافقات، فقد كانت هناك جواري للرقص وجواري لمرافقة الضيوف والجلوس معم.

وأيضا هناك غلمان وخادمات لتوزيع الطعام على طاولات الضيوف، كما كان بعض الغلمان يستطيعون الرقص.

لقد كانت تلك العجوز تجيد عملها وتعرف جيدا ما يطلبه رجال السياسة في المدينة والأشراف وأيضا كان من بين الضيوف بعض الأمراء، وهي خبيرة بذوق الأمراء والملوك وقد حضرت سابقا حفلات في القصور.

فقد وجه رئيس الوزراء الدعوة إلى الكثيرين وكان يريد أول سهرة أن تكون كبيرة وان يكون لها صدى كبير لدى كبار الرجال في المدينة لكي يذيع صيته بين وجهاء القوم.

سألها وقال:

أيتها الجارية الخدوم ما عندك من الأخبار واعرضي ما جهزتي للحفل.

الجارية: (وهي متوترة وخائفة لأنها أول مرة تعرض أعمالها على سيدها وولي نعمتها رئيس الوزراء)

حسنا يا سيدي الوزير

عبس رئيس الوزراء واختفت ملامح وجهه في عبوس وانكماش.

وعندما رأت مبرة القصر بأن الرجل قد تغيرت ملامحه وتفاصيل وجهه عرفت بأنها قد أخطأت فتداركت نفسها وقالت:

مولاي وسيدي رئيس الوزراء وسيد الشرفاء مولاي ومولى نعمتي

سيدي وسيد الوزراء

سوف اعرض عليك الجواري والتجهيزات

ابتسم رئيس الوزراء وقال:

تفضي أيتها الجارية الفطنة الذكية

يعجبني الذكاء عند اللزوم ولا أحب التذاكي ما لم يكن هنالك لزوم

الجارية:

مولاي رئيس الوزراء وأمير الأمراء وسيد الشرفاء
ومولى الأولياء ونصير الفقراء، جامع الأثرياء وراعي
الوجهاء

مولاي هؤلاء هن جاريات الغناء وهن جاريات
بأصوات غناء كأنها للعليل دواء وهن مطربات بلا
استثناء.

وأوصافهن الأولى جارية بلبل غيداء تمتاز بالذكاء

والثانية كروان حسناء تضيء في الليلة الظلماء

والثالثة حسون هيفاء بعيون دعجاء

والرابعة عندليب صوتها يبكي القلوب الصلبة
الصماء

والخامسة كناري جسمها لا يحتاج لأزياء وخصل
شعرها ذهبية شقراء شامخة لا تحب الانحناء فرس
خيلاء لا تليق إلا بالأقوياء من الوجهاء

والسادسة دج لينة رقطاء حادة النظرات بعيون زرقاء وبشرة رقيقة شفافة بها تحسن الإغواء

والسابعة دوري مزاجها رمادي تميل للانطواء أو الانزواء ولكن إذا لاطفتها أبدعت لك أجمل الأجواء

وختامها الجارية روز لها صوت حنون ينطلق من حنجرتها كأنها ريح خوصاء تدمي آذان السامعين وتدمع من عيونهم انهر حناء، وهي ذات هيبة وحياء، تخبئ ثلج جمالها تحت برنس اسود كأنه ليلة دهماء وكأنها تلبس الليل رداء.

رئيس الوزراء:

هل اكتفيت أم أنه مازال للغناء من جواريك سيدات نساء؟

الجارية:

اكتفيت يا مولاي ولكن...

رئيس الوزراء:

ولكن ماذا؟

الجارية:

جاء الآن دور جواري الرقص

رئيس الوزراء:

قصي حكاية راقصاتك هيا قصي ولا تقصري ولا
تقصري

الجارية:

حسنا يا مولاي

جارية يونانية رقصها هادئ ومثير حركاتها
مدروسة متجددة بلا كثير التغيير وشكلها يتناسب مع
لباسها وجلدها الحرير وشعرها ينساب كملاءة السرير،
إثارة وإغراء بلا تفسير.

جارية ايطالية رقصها مرح ومفرح وتثير البهجة
في المكان كأنها ساحة مسرح، جسدها عن رغباتها
يصرح ولا تحتاج لكلمات لكي تشرح.

جارية فرنسية حركاتها كأنها تحيك خطة بدهاء،
رومانسية حتى الأحشاء، برقصها تأسر الجميع
سجناء، رقصها مختلف ولا تفضل الأضواء وخفة
حركاتها تمكنها من الرقص على الماء.

هذه جارية شرقية وحركاتها فرعونية ونظراتها نيلية
تتمايل يمينا وشمالا وتستطيع أن ترتعش مثل أفعى
جرسية

ترافقها كل تفاصيل الأنوثة في رقصاتها تتمايع
وتتمايل وتهتز بكل تفصيل صغير.

وهذه من الجزيرة العربية حركاتها رزينة
موزونة، وخصل الشعر مع الرقص مرهونة، حين
تهزها كأنها امرأة مجنونة، أو بشحنات كهربائية
مشحونة، لها تفاصيل مكتنزة وتقاسيم منحوتة.

وجارية صحراوية كأنها أفعى أو حية، رقصاتها بحركات ملتوية، كأنها تتشاجر مع قطع القماش وكأنها لا تقبل لجسدها غطاء أو فراش.

وجارية افريقية رقصها وكأنه الليل يرفض البقاء أو يعجل لكي يدرك الشمس بلقاء، تضرب الأرض فتهزها برجليها وساقيها كأنها مشية جيش من الجنود الأشداء

وجارية لا أعلم من أين هي؟

لا اعلم إن كانت شرقية أو غربية، عربية أو أجنبية لأنها للأسف خرساء ولكنها تجيد إلقاء السلام والتحية.

ماهرة يا سيدي ولا يعيبها فقدان الصوت والكلام لأن لها أنامل تكتب الحكايات كالأقلام تجيد التدليك والعبث بالأحلام.

تعيد الكهل للشباب والشيخ للفتوة بنظرة منها والإعجاب، تغتال التعب والإرهاق بمختلف الألعاب،

ولها رقصات بحركات قليلة الآداب ولكنها مربكة

ومثيرة للإعجاب.

رئيس الوزراء:

وماذا بعد الراقصات؟

الجارية:

مولاي هنا يأتي دور المرافقات

رئيس الوزراء:

هيا ابهريني بما لديك واظهري المهارات

الجارية:

مولاي إنهن جاريات جميلات في الجمال بارعات

فتيات فتيات من النبات زهوره والحياة

والريح والطيب والعطورات

كأنهن جواهر وأثمن المقتنيات

أبدع من خلقهن وكان أجسادهن من تحت يدي أقوى

نحات

من يرى ما يخفين ليس له منهن نجاة

مغريات كاسيات كن أو عاريات

مثيرات للشهوات والرغبات

لهن أصوات ونغمات حنونات خافتات

لهن بشرة كبتلات الورد بأقوى الصفات

نعومة ورقة وليونة وخفة ودفء حتى الممات

جاريات صغيرات كزهرات يانعات

تفوح بالعطر وسر البنات الشابات

رئيس الوزراء:

أبدعت بالوصف يا مدبرة الجاريات وحكيمة الجاريات

الجارية:

شكرا مولاي على الإطراء

رئيس الوزراء:

انه ليس إطراء بل ما تستحقينه من ثناء وقد نلت ما تستحقين وسوف أكثر لك من العطاء

ورمى لها بكيس من الدنانير لأنه كان قد أعجب كثيرا بعملها وحكمتها وإخلاصها.

الجارية:

شكرا مولاي

وبعد ذلك شرحت له مدبرة القصر الكثير من الأمور عن الحفلات وعن الغرفة الكبيرة التي كانت مخصصة للرقص والسهر وعرضت له عينة من المفروشات والستائر التي اختارتها بنفسها وقد كانت كل ألوانها حمراء وعلى تدرجاته وأيضا اللون الذهبي الذي كان يفضله كل الملوك والأمراء، وأيضا عرضت

عليه بعض أنواع الحلويات الخاصة لهذه المناسبة

وسألته عن إن كانت لديه أية أوامر فيما يخص الطعام

أما بالنسبة للشراب فقد كان هذا اختصاص آخر

وهو المشرف عليه.

أول الغيث

لقد كانت أول حفلة ورغم إنها الأولى إلا أنها كانت انجح حفلة على الإطلاق في كل المنطقة وتلتها حفلات كثيرة ولم يعد ذلك القصر يخلو من الحفلات وأصوات الرقص والغناء والحكايات والضحكات.

ومع أول سهرة ذاع صيت رئيس الوزراء بالفعل فقد كلفته تلك الحفلة الأولى الكثير من آمال ولكنه لم يأبه للتكاليف لأنه كان يسعى وراء سمعة بين أشراف المدينة.

بعض الأشراف والشرفاء والوزراء والأمراء كانوا يأتون من أجل أن الحفل في قصر رئيس الوزراء الذي كسب سمعة جيدة خلال عمله مع الملك السابق وقد أصبح من أشراف المدينة وعالية القوم

والبعض كانوا يأتون لأن قصر الملذات كان بالفعل قصرا لمختلف ملذات الحياة وكل ما يمكن للمرء أن يتخيله من متع الحياة الدنيا بل ومن متع الجنات، لهو ورقص وغناء، وجواري وخمر و....

وهناك من كان يرى بأن القصر أفضل بكثير من الخمارات والأماكن التي يرتادها بعض العاملة أو أصحاب النعم الجديدة وغيرهم من التجار والزوار.

وهكذا أصبح قصر الملذات مقصدا لكل من يحب السهر حتى الصباح بين خمر ورقص والكثير من الجواري الجميلات، ولكن فقط الأغنياء والذين كانت توجه إليهم الدعوات الرسمية أو ربما المرغوبين دائما والذين كانوا يعرفون أنفسهم ويعرفهم الحراس.

وقد أصبح القصر عامرا مليئا بالناس أغلب الوقت
ولم يعد الأمر لثلاث ليالي في الأسبوع فقط لأن
المدعوين كانوا يصرون على إقامة الحفلات.

وأصبح رئيس الوزراء يحب مكانه المحبوب
والجميل والذي أصبح ملاذا له وللكثير من الأثرياء
والمشهورين في المدينة.

لقد أصبح رئيس الوزراء يشعر بالفخر لما فعله ولما هو يجنيه وقد أصبح يدخل قصور الملوك والوزراء ممن يقصدون قصره للسهر فيوجهون له دعوات رسمية في المحافل ومختلف المناسبات التي يقيمونها بالمقابل.

وقد أصبح بالفعل من عالية القوم ولكنه لازال رئيس وزراء بحلم ذهب في مهب الرياح.

لم يحصل على ما كان يريد وما كان يحلم به ولكنه حصل على الكثير وانتقل من الثرى إلى الثريا.

لقد أصبح ذا قيمة وشأن عال وذا احترام بين الناس وتقدير كبيرين.

ولكن فشله في أن يصبح ملكا قد لازمه طيلة حياته ولازمه في كل لحظة وكل فكرة ولم يستطع أن يتخلص منها إلا أنه أراد أن يغطي ذلك الفشل في تحقيق حلمه بأن يصبح ملكا بأن أصبح ملك السهر، وملك قصر الملذات، القصر الذي صنعه لنفسه واكتسب به سمعة بين الناس.

لم يصبح ملكا على المدينة وصاحب كرسي العرش، ولم يستطع أن يصبح ملكا في الدولة والسياسة، ولكنه أصبح ملكا على الملذات وملكا على أصحاب السهر من الوجهاء ولم يعد يأكل مع الكلاب بل أصبح رب السهر.

ومازال في السياسة رئيس الوزراء ولم يكن هناك منصب لكي يطمح إليه ولكنه كان متمسكا بمنصبه لكي لا يسقط منه.

لقد بقي رئيس وزراء فقط بالاسم ولم يعد يقوم بأي عمل سياسي ولا يتم استدعاؤه من القصر الملكي لأن مجلس الشورى كانوا يعلمون بأنه أصبح لا يهتم إلا بحفلاته وسهره المستمر إلا انه كان يرسل إليه بآخر الأخبار كلما كان هناك جديد لكي لا يتهم بتجاهله.

لقد كان ذلك الحلم اقرب لأن يصبح حقيقة ولكن للأسف طار مع الرياح ودفن مع الملك.

ولكن ذلك كان كافيا رغم انه لم يكتف من الطموح، ولكن طموحه كان قد أصبح طمعا.

لم يكتف أن أصبح سيدا بعد أن كان يشارك الكلاب بقايا الطعام ولكنه فعلا طمح لأن يصبح ملكا وأغراه المنصب والذكاء الذي كان يتعامل به وأيضا عماه الطمع ولكنه لم ينل مبتغاه فمات رئيس وزراء وهو غير راض

Sommaire